Sept Nouvelles

Sylvia FIGUEIREDO

© 2022, Sylvia Figueiredo
Édition : BoD – Books on Demand, info@bod.fr
Impression : BoD – Books on Demand, In de Tarpen 42, Norderstedt (Allemagne)

Impression à la demande
ISBN 978-2-3224-5831-8
Dépôt légal : Septembre 2022

Pour Nina, Tiago et Agostinho.

Merci à ma famille et mes amis...

TABLE DES MATIERES

DINGNESH 11

HUGUETTE 21

MARTINE 29

SULHUFAT 43

UBUNTU 51

DELPHINE 57

GABRIEL 69

DINGNESH

Pfeu... Après trois heures d'échanges cordiaux, cela faisait déjà un quart d'heure, que ces fameux experts se disputaient diverses théories sur la mort de cette petite femme.

Certains avançaient une noyade, d'autres réfutaient sans toutefois faire de propositions. D'autres encore la disaient tombée d'une chute mortelle, l'équivalent d'un 4ème étage d'immeuble.

- Vous plaisantez enfin, regardez. Regardez la porosité des os...

- Après autant de temps sous l'eau, on aurait la même chose post-mortem.

- Elle est tombée je vous dis. Ses pieds ont dû toucher le sol les premiers, la projetant vers l'avant. Sa blessure à l'humérus montre aussi qu'elle devait être consciente durant sa chute, et a tenté de se protéger en mettant ses bras vers l'avant.

- N'importe quoi, et pourquoi elle grimperait aux arbres ? Ce n'est pas un singe que je sache.

- Parce qu'elle ne pouvait pas tomber d'un gratte-ciel à Hadar en Ethiopie ! On l'a retrouvée dans une forêt tropicale, la théorie des arbres est plus plausible.

- C'est évident pour moi aussi, disait John. Ces fractures de compression, là ! Elle a étendu son bras pour se réceptionner dans sa chute. Je sais de quoi je parle quand même.

- Pour moi, les os ont été brisés post-mortem, ce n'est pas recevable.

- L'extrémité de l'humérus droit (os du haut du bras lié à l'épaule) est cassée, non pas de manière franche et droite, mais avec une série de petites fractures très nettes, accompagnées de fragments et d'échardes d'os, tentait d'expliquer l'expert Stephen Pearce, chirurgien orthopédiste à Austin aux sceptiques mais en vain.

Cela faisait déjà trois heures qu'ils débattaient sans aboutir à un consensus et trois heures de plus n'auraient rien changé. Chacun restait sur ses positions.

Quelle jolie bande de pantins, s'ils savaient ! Si elle pouvait leur raconter l'histoire, son histoire.

C'était un beau jour d'été et elle venait de finir de cueillir des mûres et les avait toutes mangées. Elle décida de courir dans le terrain proche de chez elle, pieds nus. Elle savourait la douceur du soleil sur sa peau. Le bonheur intégral. Elle avait à peine vingt-cinq ans et pourtant elle mourait demain au petit matin. Bien sûr, elle ne le savait pas.

Pour le moment courir était son seul but. Sentir ses membres inférieurs se déployer en alternant les enjambées jusqu'au point de contact avec le sol dégagé de végétation et craquelé par le soleil. Elle courait juste pour courir et avoir l'illusion d'un petit vent chaud dans ses cheveux bruns.

Soudain ses pieds entrèrent en collision avec de l'eau vive, et la fraîcheur du ruisseau grimpant dans ses cuisses musclées l'a fit sourire. Elle aimait sa vie autant qu'on peut l'aimer avec ce qu'elle avait déjà subi.

- Dingnesh !

Bien sûr qu'elle l'avait entendu son fils qui l'appelait, et malgré cela elle continuait de courir. Il avait la fâcheuse tendance à lui gâcher ses petits moments de joie, alors bien souvent maintenant, elle ne l'écoutait pas. Il devait encore avoir attrapé des poux en restant auprès de sa grand-mère et de ses cousins. Elle verrait cela ce soir un peu avant le coucher.

Une soirée peu sympa en perspective, et ce serait sa dernière soirée; si elle avait su ! Elle aurait peut-être envisagée de faire autre chose. Mais elle ferait comme d'habitude quand son petit avait besoin d'elle, elle le dépouillerait et il s'endormirait dans ses bras; ensuite elle le déposerait dans sa couche et irait se coucher aussi.

- Dingnesh !

Pour l'heure elle courait jusqu'à arriver à son arbre de vie. Un immense Baobab bicentenaire, aux racines saillantes, aux branches épaisses, larges et rassurantes.

Hormis son arbre fétiche, elle aimait les fruitiers pour leurs offrandes généreuses. Sa mère l'avait mise en garde. Il était dangereux de grimper dans les arbres ! Mais il y avait tant de choses dangereuses et elle était très prudente.

Son fils même lui avait recommandé d'arrêter mais vraiment, lui, n'avait pas le droit au chapitre. Elle ne l'écouterait pas.

Elle avait commencé bien avant sa venue à grimper à la cime des arbres; au départ par gourmandise. Elle aimait grimper dans les arbres pour y humer l'air plus frais le matin; à midi, pour y cueillir les premiers fruits mûris par l'ardent soleil et, le soir, pour observer l'horizon changeant au calme. Elle aimait se sentir au centre des végétaux pour percevoir leurs protections invisibles. Cachée du monde extérieur et apaisée de l'intérieur, elle leur murmurait des prières de grâce.

Elle ne montait pas dans n'importe quel arbre. Elle les connaissait tous. Elle avait ses habitudes et aurait pu grimper certains les yeux fermés, chaque nœud, chaque ramage lui étant familier.

Cela faisait des années qu'elle grimpait partout où elle pouvait, parfois pour se cacher de ce fils, et s'isoler; parfois pour réfléchir et se poser et regarder à l'horizon la mer qu'elle aimait tant, juste devant elle. Elle préférait voir cette capricieuse d'en haut car ses fluctuations l'impressionnaient trop. Elle, elle ne savait pas nager et elle avait failli se noyer une fois.

Elle se sentait si seule au milieu de sa famille pourtant nombreuse et omniprésente. Et ce fils était là, à vouloir sans cesse qu'elle s'intéressa à lui.

- Dingnesh !

- Ecoutes petit, finalement, on verra ça demain, lui criait-elle du haut du baobab. Là je dois réfléchir.

Ce petit, elle l'avait conçu un soir de pleine lune, derrière cet arbre. Elle ne connaissait pas son père. Il l'avait séduite par son assurance et son charme. Elle l'avait trouvé terriblement beau et virile. La résistance avait été impossible. La passion hormonale, les instincts primaires, appelaient ces deux êtres à s'unir. Malheureusement, quelques lunes plus tard, la famille avait retrouvé ce dominant sans vie dans des circonstances inexpliquées, au pied de son arbre de vie à elle.

Et, c'est ce même jour, qu'elle avait compris qu'elle attendait son enfant. Son fils ! Elle lui en voulait tellement de l'avoir abandonnée en mourant, qu'elle avait choisi de rejeter cette excroissance de passion. Un temps elle avait soupçonné son frère aîné de s'être occupé de son Amour secret. Et puis, elle avait nié sa réalité même.

Dans ce déni, sa famille avait reconnu la volonté de ne plus souffrir. Si elle s'était prise à l'aimer, lui aussi aurait pu mourir et l'abandonner encore. Elle préféra laisser cette chose à sa famille et à leurs bons soins. Elle avait assuré le strict minimum. L'allaitement au début n'avait pas été facile, mais c'était un mal nécessaire à sa survie, alors elle l'avait allaité. Par chance, il s'était vite acclimaté.

Il était devenu autonome rapidement et débrouillard de surcroît, mais il n'était pas d'un caractère indépendant comme sa mère. La famille couvrait tous ses autres besoins sociologiques, physiologiques. Psychologiquement, jamais un geste tendre n'avait effleuré ses petits pieds remuants, jamais un regard bienveillant n'avait encouragé ses premiers pas; alors comment aurait-il pu reconnaître la passion qui l'avait créé. Elle n'en parlait jamais. Aujourd'hui elle se limitait à le dépouiller. Elle glissait ses longs doigts dans sa crinière laissée à l'abandon, tel un champ en jachère. Et comme un fait exprès, il avait une tête à poux. L'autre fois, en dernier recours, elle lui avait fait un cataplasme de boue d'argile. Impatient, il n'avait pas attendu que cela sèche et asphyxie les bestioles.

Il avait rincé sa tête offrant cette touffe emmêlée aux poux survivants. Et voilà où cela les avait menés, il aurait fallu recommencer ce soir mais elle l'avait envoyé promener. Elle verrait si elle pourrait le caser dans son planning prévisionnel des tâches à accomplir, demain.

Le soleil orangeat le ciel. Elle s'étendit un peu après s'être étirée et décida de dormir un peu.

Brusquement Gaia se réveilla et exprima toute sa colère dans un rugissement. Dingnesh lâcha prise pour la première fois de sa vie sous un croissant de lune merveilleux. Elle qui voulait toujours tout contrôler, venait de rêver de lui à nouveau, et cette fois-ci, étrangement, elle avait ressenti sa présence physique. Il lui avait même semblé que son odeur musquée l'entourait de ses bras. Son ombre lui avait même sourit dans un bruyant craquement. Elle lâcha prise et son esprit vagabonda, quand son corps se crispa.

Le lendemain, son garçon la trouva au pied de son arbre de vie, sans vie. Il avait couru prévenir la famille, et sa grand-mère du drame qui le rendait inconsolable. Malgré la froideur de sa mère, il l'aimait. Comment aurait-il pu comparer l'Amour maternel, il ne savait pas comment une mère devait aimer. Il ne pouvait jalouser l'Amour maternel dont avaient bénéficié ses cousins, tous plus grands et émancipés.

La famille entière se réunit devant cette petite dépouille, frêle et brisée. Elle avait été la seule à périr de ce tremblement de terre d'une magnitude jamais égalée dans ce coin d'Hadar. Elle était tombée près de là où on avait retrouvé son homme. Alors la famille pris cela pour un signe et creusa un peu la terre; la déposant là, au pied du Baobab. Elle se trouvait à quelques mètres de cette étendue d'eau qu'elle redoutait tant et qui recouvrirait un jour de sédiment son squelette décharné.

Dingnesh, la merveilleuse, devait son nom de scène à ceux qui l'avaient découverte en 1974 dans le Nord Est de L'Ethiopie, soit trois millions d'années plus tard. Les têtes pensantes écoutaient les Beatles pendant leurs recherches scientifiques sur cette Australopithèque d'un peu plus d'un mètre dix. Leurs rêveries musicales avaient eu raison de leurs inspirations à nommer ce petit bout d'ancêtre d'une lignée encore peu certaine et « Lucy in the sky with diamonds » avait triomphé. On l'appellerait Lucy, la mystérieuse.

Richard Ketcham, professeur de géologie à l'université du Texas à Austin avait raison : « Lucy est précieuse. Il n'y a qu'une Lucy ». Effectivement, il n'est resté que Lucy à étudier et toutes les théories sont possibles…

HUGUETTE

Elle aimait bien visiter des bâtiments de toutes sortes. L'envie avait toujours été plus forte qu'elle et personne ne la comprenait. Pas grave. Qui dérangeait-elle ? Ah si une fois en Sicile, elle visitait une maison style art nouveau magnifique et elle avait surpris un couple en pleine action derrière le magnifique escalier de style art nouveau. Quand elle y repensait, les lignes courbes de ses gardes corps en fer forgé soulignait un souci d'esthétique un peu rococo.

Pourtant elle n'allait pas plus loin que le hall. Jamais. Elle savait que rentrer comme ça chez les gens était un délit sans effraction pourtant, mais quand même personne ne l'avait invitée. Donc, elle n'allait pas plus loin. Bon, cette fois-là c'était déjà trop loin ; Elle sourit à ce souvenir. Cet escalier était magnifique; si elle en avait eu l'occasion, elle, elle aurait déambulé en robe de soirée sur cet escalier. Elle voulait juste s'imprégner des lieux, regarder les styles, analyser l'agencement. Elle adorait ressentir l'histoire de la bâtisse, l'ambiance qui s'en dégageait même plusieurs années où plusieurs siècles plus tard, il restait toujours quelque chose. Ça la faisait voyager dans l'espace-temps, elle oubliait sa vie, pour imaginer celle d'une autre.

Dans sa vie, Huguette avait eu le bonheur, la chance, la joie d'avoir trois magnifiques enfants qui faisaient sa fierté chaque jour. L'Amour inondait leur maison si naturellement qu'ils ne s'en rendaient même plus compte.

Elle avait eu l'opportunité, certains diront la chance de faire le tour du monde. Avec son Henri, elle avait profité de la vie. Ah ça oui ! Si elle avait pu en 1969, avec Armstrong, elle aurait mis le pied sur la lune tant elle était aventurière. Et si les voyages formaient la jeunesse, elle aurait bientôt neuf ans… à reculons. Ses articulations lui soufflaient combien elle les avait usés à marcher. Son cœur s'était fatigué. La peau de son visage, même, avait retracé tous les chemins qu'elle avait emprunté.

Dans sa vie, Huguette avait eu le bonheur, la chance, la joie d'avoir un mariage heureux avec des hauts et des bas mais un mariage que seul la mort pouvait séparer. Ce gentil mari chasseur l'avait accompagné sur le sinueux chemin de cette vie qu'ils avaient partagé main dans la main.

Elle était entrée une fois dans une maison bourgeoise, et dans ce hall, le marbre rosé régnait en maître. Une tenture au mur cachait un passage, un cadre immense représentait de pied la maîtresse de maison de façon sévère à la manière des tableaux que l'on pouvait voir au Louvres. Des statues d'angelots surchargeaient l'ensemble et le carrelage au sol noir et blanc faisait penser à un damier. Elle aimait bien jouer aux dames avec ses petits-enfants.

Dans sa vie, Huguette avait eu le bonheur, la chance, la joie, d'avoir une vie riche de ces petites choses du quotidien qui rendent heureux : des sourires, des rires, des câlins, des « je t'aime » ... Et des poules, pour faire des gâteaux aux œufs frais.

Un jour, elle se souvenait très clairement qu'elle était entrée dans une pyramide, en Egypte. L'émotion l'avait envahi. Elle avait observé ces pierres grandes et régulières. Elle avait essayé de déchiffrer quelques hiéroglyphes. Elle ne s'était pas aventuré très loin ; elle n'en avait pas besoin. Dès la première salle, elle avait saisi l'ambiance générale. Ce fourmillement d'âmes à la lueur dorée des lampes à huile qui circulait dans ces couloirs étroits.

Dans sa vie, Huguette avait eu le bonheur, la chance, la joie d'être aimée de l'amour si pur d'enfants qui la considéraient tous comme leur mamie « nova ». Une mamie bienveillante, garante de la paix, et gardienne des secrets. Chacun de ces enfants avait réalisé en devenant adulte combien ils avaient eu de la chance de croiser cette femme dans leur vie.

Elle en avait parcouru des sites historiques et des maisons anonymes. La fois où elle avait eu accès au site archéologique d'Angkor, au Cambodge, elle avait apprécié l'empreinte du temps sur ces blocs de pierre. Même si certains étaient abîmés au sol. Pour certains, on aurait dit le résultat des jeux de sables des enfants en bord de mer, quand ils laissent glisser le sable boueux entres leurs doigts laissant un petit monticule irrégulier se former.

En fermant les yeux, il lui avait même semblé percevoir les parfums des épices que ses papilles auraient aimé goûter. Elle avait ressenti dans ce lieu la vie humaine foisonnante qui avait été troquée par cette végétation florissante.

Dans sa vie, Huguette avait eu le bonheur, la chance, la joie d'être propriétaire de deux maisons. Une en ville pour abriter sa famille et en accueillir d'autres; et une à la campagne près de Lodève, dans le petit village des Plans, où chacun avait bonheur à se retrouver autour d'une poêlée de châtaignes au coin de la cheminée. Encore maintenant tous se délectaient de ces délicieux souvenirs.

Le voyage qu'elle avait le moins aimé, c'était à Londres dans cette maison de style art Déco. Elle n'aimait pas trop cette symétrie. C'était trop classique; trop droit, trop propre peut-être. Les vitraux avaient des formes géométriques, leurs tons étaient trop sobres. Les sculptures ornementales posées régulièrement autour de la porte, rendait ce pallier trop austère ; on avait envie de murmurer en passant la porte. Le bois des escaliers n'était pas travaillé. Le design général semblait tout droit sorti d'un catalogue IKEA.

Dans sa vie, Huguette avait eu le bonheur, la chance, la joie d'être autonome dans une France qui sortait de ses trente glorieuses et qui menaçait de chômage les ouvriers. Elle travaillait, elle conduisait sa 4L, alors que certaines femmes faisaient encore le choix de rester mère au foyer. Elle avait ainsi donné l'opportunité à une petite étrangère de seize ans d'entrer dans cette belle famille sous prétexte de garder au départ ses enfants adorés; mais Huguette ouvrait sa maison avec son cœur et elle et son mari avait vite adopté cette petite pour la vie. Et elle leur avait bien rendu, trop heureuse d'avoir trouvé une seconde famille qui s'accordait si bien avec sa première.

Marie vint la chercher dans le couloir de l'entrée. Huguette était encore là depuis peut être une heure. Tiens qu'avait-elle vu cette fois ? L'entrée du musée du Louvres ? de Versailles ? Elle lui demanda calmement et sans plaisanterie :

- Alors Huguette, vous êtes entrée où aujourd'hui ?

- Une maison.

- Ah et qu'est-ce qu'il y avait cette fois ? Qu'avez-vous vu ?

- Une jolie statue peut-être. Je ne sais plus.

A peine désorientée, Huguette savait bien que ça devait être l'heure du goûter puisque cette dame souriante venait la chercher. L'avait-elle déjà vu ? Huguette n'aurait pas su le dire si on le lui avait demandé.

Comme chaque jour, mais sans s'en rappeler, l'aide-soignante était venue la chercher dans le hall et l'accompagnait à sa chaise à côté de ses compagnons d'errance pour déguster une compote de pomme et un chocolat chaud.

Marie connaissait la vie d'Huguette faite de petits bonheurs simples. Elle aimait beaucoup cette femme agréable et paisible qui passait des heures, chaque jour depuis cinq ans, à observer l'entrée de l'établissement spécialisé comme si elle y voyait à chaque fois autre chose. Au début, elle lui racontait ses voyages oniriques qu'elle faisait statique dans l'entrée. Or, Marie savait par exemple, qu'Huguette n'avait jamais voyagé, hormis les trajets entre Montpellier et les Plans du côté de Lodève. Marie aimait sa pudeur et sa politesse. Elle savait qu'Huguette était aimée parce que dans les yeux de cette femme la bonté débordait. Juste sa mémoire défaillait.

MARTINE

- Martine ! Vous me faites quoi là ?! Martine à la plage ou Martine est bouchée ? On n'a pas idée d'être aussi idiote ! Je vous l'ai dit cent fois; On applique la procédure. Ce n'est quand même pas sorcier, Martine ! Un bègue y arriverait...

Heureusement Martine avait l'habitude, elle avait décroché au premier Martine. Sa liste de courses en tête, elle essayait de se souvenir s'il restait du ketchup pour les enfants ? L'autre en face d'elle, c'était son boss, bien sûr. Dans l'administration, elle en avait croisé des cons, mais celui-ci, il les dépassait tous. Si les cons brassaient de l'air, celui-ci s'envolerait. Aucune originalité, s'il croyait qu'on ne lui avait jamais sorti la blague de Martine. Tiens, elle le surnommerait Toto maintenant, pour pouvoir répondre intérieurement à ses blagues pourries. Elle aussi elle pouvait avoir de la répartie raz-les-pâquerettes.

- Mais vous l'avez mis où mon email à ce sujet de la semaine dernière, hein il est où ?

Par principe, Martine ne répondait jamais directement à une question terminant par « où ». Alors là, même Toto qui ne méritait pas d'entendre « dans ton cul », allait attendre car elle ne répondrait pas. Elle tenait à rester polie en toutes circonstances pour faire honneur à son éducation. Elle avait reçu une éducation populaire, mais sérieuse à défaut d'être délicate, quand on a des enfants, on se doit d'être exemplaire. Et puis pourquoi le dire quand elle le pensait si fort ? Toto devait bien le sentir non ? Non. Trop con.

- Mon email Martine, celui qui dit bien que la procédure, c'est : un, on saisit sur l'ENT, deux, on prend rendez-vous au guichet pour instruire le dossier. Ce n'est quand même pas compliqué ! Un, deux ! Pas plus.

Et oui, il fallait être moderne et faire saisir sur internet les usagers qui devaient faire leurs papiers.

En vérité ça ne servait à rien parce que personne n'avait encore le logiciel pour optimiser leur saisie donc chaque agent devait ensuite le ressaisir. Les professionnels appelèrent cette pratique « instruction de dossier ». Débile. Si tout était centralisé, ce serait tellement mieux. Là, on ne pouvait même pas croiser les données. Donc il fallait réaliser un dossier pour le permis de conduire, un dossier pour le passeport et un pour la carte d'identité qui seraient ensuite « instruits » individuellement pour une même personne. Et pomponnette, les mêmes justificatifs leurs seront demandés... LOL; personne n'avait trouvé ça débile. Le service immigration à part, il s'agissait tout de même des usagers inscrits à l'état civil, mais ils devraient le justifier auprès de ceux qui les avaient inscrits... On appelait ça le travail. Martine aimait travailler malgré tout. Enfin, aujourd'hui un peu moins.

- Alors vous allez faire quoi Martine ?

Merde ! Une question directe. Il devait avoir fini son sermon. Elle se recentra sur ces dernières paroles et lui fit signe qu'elle devait y retourner. Parce que pour elle, qu'un élu ait donné ces directives, ou un autre, cela ne sauverait pas Willy ou les loutres du pacifique. Et Toto au QI de palourde beuglerait tout autant sans se soucier de son ton peu léger. Elle rangea dans un coin de son esprit sa liste de courses pour ce soir en acceptant l'idée de manquer peut-être de ketchup. Elle retourna à son guichet le pas alourdi par cette parenthèse « urgentissime » qui ne pouvait pas attendre. Sans exagérer, bien sûr.

Elle se rassit soufflant l'air vicié qu'elle avait ingéré précédemment et vit Cracotte de son vrai nom Charlotte lui annoncer qu'elle l'aurait bien remplacé mais que vraiment, c'était trop de responsabilités, et que de toutes façons elle n'avait pas eu le temps. Alors pourquoi le lui dire ? Martine savait que Cracotte ne devait pas craquer, donc elle l'ignora et regarda la jeune personne debout devant elle. A travers le Plexiglas du guichet qui les séparait du public, elle vit que la queue arrivait à la porte, soit toute la longueur du hall.

- Bonjour Monsieur.

- Bonjour, je viens pour savoir si j'ai bien eu mon permis, s'il vous plaît.

- Ah monsieur les permis c'est le mercredi matin au guichet 2.

- Nous sommes jeudi. C'est une blague ?

Martine aurait tellement préféré lui raconter une blague, une blague de Toto par exemple, mais non. Elle lui sourit timidement, et lui fit signe que « non » de la tête. Le monsieur indigné repartit furieux en jurant qu'il reviendrait mercredi prochain et demanda à l'assistance qui lui paierait sa demie journée. Evidemment personne ne répondit.

Une femme posée et souriante s'avança au guichet de Martine.

- Bonjour Madame.

- Bonjour Madame, on m'a volé mon sac avec tous mes papiers, donc je dois les refaire tous.

Martine pensa à Toto et ses « conseils appuyés » et évita de proposer son aide à la brave femme qui allait galérer. Peuchère ! Alors Martine parla calmement.

- Il faut que vous alliez sur le site ENT sur internet. Vous remplissez tout, vous scannez vos photos homologuées « ok pour les passeports », y ajoutez vos timbres fiscaux préalablement achetés en ligne…

- Oulah ! Je n'ai pas d'ordinateur Madame ; Je ne sais pas faire…

Le refrain de la chanson de France Gall « Résiste » dans la charmante tête de Martine tournait en boucle. Elle ne répondit pas.

- Mais comment je vais faire ?

Résiste ! Prouves que tu existes. Martine appliqua la méthode Toto.

- Tenez, prenez ce dossier Cerfa pour tout remplir. Puis vous allez sur l'ENT saisir pour le permis, la carte d'identité et le passeport. A la fin il faudra revenir aux trois guichets pour l'instruction des dossiers numériques.

Face à une objection naissante elle reprit :

- Sur l'ENT vous trouverez toutes les réponses à vos questions. Je ne peux rien faire sans cette première étape.

Martine pensait à juste titre que la journée s'annonçait bien longue. Elle constata que l'administration était joueuse et que la recherche des acronymes donnait bien le ton du champ des possibles. Mais où vont-ils chercher tout cela ? En effet, si on prononce ENT, le site c'est bien A.N.T. et quand on tape ANT sur internet, on se retrouve avec le mot FOURMI en anglais. Oui ça allait être long.

- Madame, je ne comprends pas…

Mince, la dame n'était pas partie ! Visiblement, elle n'avait pas intégré les subtilités de la langue française. Martine avait de gros doute sur sa capacité à s'en sortir avec le logiciel peu intuitif de l'Etat. Elle regarda son nom sur sa dernière facture d'électricité qu'elle lui avait présenté en guise de pièce d'identité, certaine de la retrouver bientôt au guichet. Madame Cazanova. Mais, elle, elle était au moins mariée.

Martine lisait "mr et mme Cazanova". On ne peut pas avoir de la chance en tout. Bon ben en administratif ça allait être chaud patate. Martine décida d'accélérer la cadence devant le trépignement de la file d'attente. De toutes façons, perdu pour perdu...

- Madame Cazanova, il faut saisir sur l'ENT votre dossier puis revenir pour l'instruction.

Vu l'œil hagard de la dame, elle lui remit le Cerfa en trois exemplaires, et fit signe à la personne suivante.

- Bonjour Monsieur Durand. Que puis-je pour vous cette semaine ?

- Bonjour. J'ai eu ma carte d'identité ici la semaine dernière mais quand je suis retourné sur l'ENT. Enfin c'est mon fils qui l'a fait parce que moi les ordinateurs... Et ben figurez-vous que pour refaire le permis, c'est pas la pièce d'identité qui bloque. Il me demande copie de l'ancien permis. Alors comment je fais, moi, avec mon permis que j'ai perdu ?

- Monsieur Durand, je ne peux rien faire pour vous, les permis c'est le mercredi matin au guichet 2.

- Mais j'étais là hier. Votre collègue m'a dit qu'il lui fallait copie de l'ancien permis.

-...

- Comme vous êtes gentille vous, je me suis dit que vous pourriez peut-être m'aider ?

Résiste, fuis ce monde égoïste… Martine soupira. Elle avait bien compris la problématique mais devait respecter la procédure de Toto. La dernière personne qu'elle avait aidée, lui avait fait tellement de publicité, avec un courrier de remerciement envoyé à son responsable, donc, à Toto et il en avait suivi la réprimande de ce jour. Elle devait s'en tenir à la procédure comme un robot.

- Monsieur, les permis c'est le mercredi matin au guichet 2. Tenez prenez un Cerfa et voyez avec votre neveu…

- Mon fils !

- Oui votre fils, pour tout saisir sur l'ENT.

- Et je mets quoi à la place de la copie de mon ancien permis ?

Martine hésita à lui dire de mettre la photo de son chat ; de toutes les façons, il faudra tout refaire avec le guichet 2 après… Mais elle préféra lui remettra le Cerfa sans commentaires. Monsieur Durand partait dépité quand un autre monsieur à la barbe rousse s'installait à sa place chauffée par l'incompréhension du système.

- Bonjour Monsieur.

- Je dois faire un passeport.

- Bonjour à vous; Vous êtes au guichet des cartes d'identité, monsieur !

- Et alors dites-moi que c'est pas une pièce d'identité le passeport ?

- Certes. Mais moi je ne suis pas habilitée pour les passeports, c'est le guichet 3,…

- Putain, mais c'est pas vrai ! Vous avez vu la queue ?!

- Certes. Mais moi je ne suis pas habilitée pour les passeports, c'est le guichet 3, uniquement le mercredi après-midi entre 15H et 16H.

- Ah ouais … C'est select la vache !

- Il faut que vous alliez sur le site ENT sur internet. Vous remplissez tout, vous scannez vos photos homologuées « ok pour les passeports », y ajoutez vos timbres fiscaux préalablement achetés en ligne…

- Putain ! Mais il est là le Cerfa… J'ai tout rempli, scanné, payé, allez sortez-moi mon passeport. Je vais tout péter ici !!!

- Certes. Mais le guichet 3, lui, il est de l'autre côté du poteau uniquement le mercredi après-midi entre 15H et 16H.

- J'hallucine putain. Mais qu'est-ce que vous foutez toute la journée ?

Martine eut chaud aux oreilles et commençait à trouver le temps long. Elle ne savait plus comment se débarrasser du monsieur au langage fleuri. Devait-elle lui raconter son long et périlleux parcours de concours avant d'arriver à ce poste si gratifiant ? Devait-elle lui parler de ce stress de passer devant un jury de tortionnaires de l'esprit. Parce qu'elle avait eu un jury « pas sympa » avait dit sa voisine. Ils avaient essayé par tous les moyens de la piéger sur le projet de loi de finances, la LOLF. Rien à voir avec Laughing Out Loud (LOL) à la sauce Française. D'ailleurs très peu d'humour était nécessaire à cette fonction. Elle avait réussi à s'en sortir, à force d'entraînements et d'exercices, de soirées gâchées et d'angoisse. Pourrait-elle lui décrire ce pavé dans son ventre avant de poser son stylo à la fin des épreuves et ce haut-le-cœur avant de pousser la porte des oraux ? Tout cela pour ce faire houspiller le matin par Toto le roi des paranos et ensuite se retrouver face à un public ingrat. Lequel des deux se mettrait cinq minutes à sa place ? Et malgré tout cela, elle aimait travailler. Elle se levait tous les matins avec cette envie de bien faire. Et bien entendu, dès que Toto ne la surveillerait plus, ou au prochain changement de Toto à la place de Toto, elle pourrait recommencer à aider les gens dans leurs démarches. Comme ça en douce, l'air de rien. En attendant elle appliquait LA méthode infaillible de Toto premier.

- Je suis désolée Monsieur, c'est écrit au-dessus des guichets. Ici, c'est les cartes d'identité.

- Et ben non ma petite dame, au-dessus de votre guichet il y a écrit « IDENTITE »; donc pour moi ça faisait tout. Surtout si maintenant, les passeports c'est que les jours de pleine lune entre la poire et le fromage ou quand les lamas traversent la chaussée. Pauvre France, va !

Elle était plutôt contente de cette conclusion ; il s'apprêtait à partir sans qu'elle ait eu besoin de faire venir le gars de la sécurité qui, alarmé par l'agitation, se tenait prêt et attentif à son signal. Il était sympa le gars de la sécurité et il faut avouer que packagé dans son costume, il était plutôt mimi à regarder. Parfois avec les filles à midi, elles en parlaient un peu du gars mis là, en se demandant s'il arriverait à les défendre si un jour il y avait un débordement.

L'heure qui la séparait de la fin de la journée approchait. Elle continua à distribuer des conseils inutiles en espérant que les directives changeraient bientôt. Elle voulait dire à ces personnes de se rebeller et de faire des pétitions, des blocages, des manifs... Mais elle même restait immobile à glorifier la sainte fourmi de Toto au plus grand désespoir de son auditoire. L'heure étant l'heure, elle se leva à 16H00 pour fermer le guichet des cartes d'identité, permettant à quinze personnes frustrées de lui lancer des jurons printaniers entremêlés de « Voilà où vont mes impôts » et « Ils foutent rien ces fonctionnaires » comme chaque jeudi.

Demain, elle ferait de la saisie et de l'archivage; on serait vendredi et elle sortirait le soir avec ses copines. Demain ses enfants seraient chez leur père. Alors demain, elle serait : Martine, la reine de la piste.

Avant de partir, Toto l'a rappela énergiquement dans son bureau. Deux fois dans la même journée ! Voilà qui était nouveau. Ou il était transit d'Amour ou alors… Non vraiment elle ne voyait pas ce qu'il lui voulait.

- Martine ! Nouvelle directive. A partir de demain vous instruirez les passeports pour un mois. Il faut remplacer Charlotte.

Martine acquiesça. Elle savait que jeudi prochain, elle retrouverait son excité de l'après-midi au guichet 3. Elle sourit, à l'idée de voir sa tête surprise et de l'entendre à nouveau chanter la chanson de l'usager usé. Ce n'était pas bien grave, elle ferait tout pour qu'il ait son passeport.

Cracotte avait craqué.

SULHUFAT

Nouvelle nommée au Prix du concours de nouvelles sur la Sicile organisé par l'Association des Amis de la Sicile et Florian Mantione Institut en mai 2022 à la Comédie du livre de Montpellier

SULHUFAT

Allongée sur le dos, elle profitait du soleil en humant l'air salé de la belle Méditerranée riche de tant de promesses.

Savait-elle seulement que les promesses n'engagent que ceux qui les croient ? Assurément, elle, elle y croyait. Et c'est plein de ce sentiment d'espoir d'un avenir meilleur qu'elle avait accepté de prendre la mer sans sa mère.

Le petit clapotis des douces vagues la berçait à présent et elle se laissa glisser dans ce monde onirique qu'elle connaissait tant. Elle n'avait jamais été sur cette plage de sable blanc mais dans ce rêve, tout était si clair. L'eau transparente et peu profonde exposait fièrement ses poissons multicolores. Elle sortait de l'eau et semblait flotter sur la plage pour se diriger vers la plaine à côté. Il était encore là, ce champ, si vert, parsemé de fleurs blanches et jaunes qu'elle n'avait jamais vues. Elle se mettait à courir vers l'arbre de vie devant elle pour l'entourer de ses petits bras brunis par la traversée. Elle prenait son temps pour s'asseoir sur l'une de ses immenses racines, à l'ombre. Heureuse d'y respirer cet air de renouveau, elle sortait pour son goûter les fruits secs qu'elle avait conservés dans la poche de sa blouse bleue. Ah ! Personne pour la gronder.

Le clapotis s'était intensifié sur l'embarcation de fortune qu'on lui avait attribuée, si bien que le mouvement la réveilla. Plusieurs fois Maman l'avait prévenu qu'elle n'avait pas le choix et que ce serait bien mieux pour tout le monde. Et puis elle était fière quand même, elle Sofia, elle avait eu droit de partir seule. Elle n'avait même pas peur. Chez eux, les garçons même les tous petits aidaient au travail de la terre. Elle, seule fille de la fratrie de six, la troisième ou la quatrième elle ne le retenait jamais; elle était toujours trop petite, trop maladroite, trop fille ou trop heureuse peut-être. Elle n'avait pas peur. Tout l'amusait. Maman l'appelait sa petite « Sulhufat » (tortue).

Soudain, dans cette immensité bleue, où le ciel et l'eau se rejoignaient, la fillette vit un petit animal étrange venir à sa rencontre. Curieuse, elle le regarda avec attention tant il était bizarre, oubliant un peu ainsi qu'elle recommençait à avoir faim. Quel étrange animal ! On aurait dit une barrique à poils ras gris foncé sur le dos et blanc sur le ventre, avec des nageoires et une queue en cœur. Et les moustaches de tata !

Mona Monachus, la nouvelle amie de Sofia, la regarda avec des yeux noirs tout ronds. La fillette lui proposa de jouer aux nuages. Il n'y en avait pas beaucoup dans ce ciel printanier, mais il y en avait bien un de ce côté-là. Etait-ce la gauche ou la droite ? Sofia savait que c'était du côté où elle voyait le soleil se lever dans la cuisine de sa mère. Elle le savait parce que c'était là qu'on faisait sa couche qu'elle devait libérer chaque matin pour que sa mère cuisine. Par la petite fenêtre, de ce côté-là chaque jour elle le voyait bien, le doux soleil. Enfin, bref, ça c'était avant. Mona n'avait pas l'air d'avoir la moindre idée sur ce que pouvait bien représenter ce petit bout de nuage. La fillette parce qu'elle commençait à avoir vraiment très faim, voyait surtout des formes de gâteaux.

Son petit ventre gargouillait tellement qu'elle avait du mal à se concentrer sur son jeu avec Mona. Mais il fallait qu'elle joue, premièrement parce que

Mona était trop belle avec ses moustaches qui remuaient et ensuite, parce que Karim son plus jeune frère lui avait donné une poignée d'amandes pour grignoter, mais qu'elle n'avait rien sur son navire de pirate pour les ouvrir. Pas un seul caillou autour d'elle. Donc, il faut jouer ! On dirait peut-être aussi le chien de la voisine dans ce nuage. C'est drôle, il n'y avait qu'avec Sofia qu'il n'aboyait pas. A croire que cette fillette calmait l'animal craintif. Elle pensa une minute à lui, il devait aboyer tout le temps maintenant, le pauvre ! La voisine allait encore lui lancer des cailloux pour le faire taire. Sofia se dit qu'elle aurait dû le prendre avec elle.

Elle se fit également la réflexion suivante : Quelle chance ! Elle, elle avait déjà une nouvelle amie et personne ne se moquait plus d'elle.

Depuis combien de temps était-elle partie ? Mince, elle n'avait pas demandé à Maman si le voyage serait long... Maman avait eu les yeux brillants, Sofia avait pensé qu'elle était triste de la voir prête à prendre la mer ou alors elle avait de la fièvre, qui sait ? Au début, Sofia avait même trouvé ça drôle d'être embarquée comme la première fille de dix ans pirate. Mais franchement, la solitude lui pesait à présent. C'était tout le temps pareil. Le même paysage, les mêmes clapotis, rien autour. Oups ! Elle ne pouvait pas penser cela, Mona serait trop peinée. Elle était là depuis presque le début et c'était une compagnie, calme certes mais une compagnie agréable. Elle ne lui criait jamais dessus.

Bon, allez, ça devait faire trois ou quatre nuits, ce n'était pas grand-chose. Les vrais pirates partaient plus longtemps que ça. Par contre la nuit, il faisait trop froid, pas comme chez elle où les nuits étaient douces et elle n'avait pas pensé à prendre sa petite couverture d'hiver. Et puis elle en avait un peu assez de coller. Sa peau bronzée collait de trop, elle se sentait moite avec cette humidité. Sans compter que pour se faire la toilette, c'était trop compliqué là. Sofia avait abandonné l'idée même de sauter dans l'eau pour se laver. Elle ne savait pas nager et elle avait aussi oublié son savon. Alors… Elle espérait juste ne pas revenir sur ses pas, si Maman la voyait comme ça, sûr qu'elle se ferait disputer.

Ah et puis elle avait soif. Et cette eau, elle le savait, était trop salée. Sofia trouvait la mer trop sale. Il y avait toujours des trucs bizarres qui flottaient comme des objets non identifiés que la mer essaierait de refouler.

Heureusement jusqu'à présent, elle arrivait à se retenir pour la grosse commission. Bon, il lui avait fallu être agile mais elle avait réussi à faire pipi sans tomber et sans mouiller ses chaussures préférées.

Mince la nuit arrivait encore. Encore une nuit fraîche. Brrr. Cette nuit était la plus rude, qu'elle avait eue à affronter. Mona avait disparu à son réveil au lieu de lui tenir chaud. La fillette à bout de force avait du mal à se réveiller.

Seule sur la plage d'Isolla Delle Femmine, une femme aux yeux humides de chagrin se précipita toute habillée dans l'eau à la vue du minuscule canot orange. Il ne lui fallut que quelques brasses pour attraper celui-ci et le ramener sur le sable fin et blanc. Malgré l'odeur forte, elle ne pouvait que s'émerveiller de ce cadeau du ciel. A l'intérieur du canot de sauvetage noir et orange, il y avait une fillette épuisée qui dormait, une main de Fatima protectrice dans sa petite main potelée. Flavia vit de suite que cet enfant était différente et elle ne l'en aima que davantage. Oui, son cou un peu plus court et un peu plus large que celui des autres enfants signait cette différence avec cette mignonne petite frimousse un peu plus plate aux cheveux ébènes. Ses yeux bridés venaient de s'entrouvrir montrant de la malice malgré la fatigue. Ses balbutiements faisaient sourire Flavia la polyglotte, elle connaissait ce dialecte nord-africain. Décidément, la réponse de la mer à son appel de détresse était taillée sur mesure pour elle.

Hier elle avait lancé une bouteille à la mer pour crier sa solitude et son mal-être de femme veuve sans enfant. Hier elle avait voulu en finir avec la vie en défiant la mer. Hier elle demandait une vie riche de rires et de joies, ou mourir sur le champ. Aujourd'hui, Flavia se surprenait en espérant vivre le plus longtemps possible dans ce havre de sûreté universelle qui lui redonnait goût à la vie : PALERME !

UBUNTU

Et voilà !

Comme hier, je me retrouve seul enfermé dans le noir. Je n'arrive même pas à voir la couleur de mes mains. Mais qu'ai-je fait pour me retrouver là. On m'a mis là sans me demander mon avis. Je n'ai rien demandé à personne d'ailleurs. Alors pourquoi ? D'aussi loin que je me souvienne, j'ai un jour ouvert les yeux et j'étais déjà là. Seul. Dans l'obscurité quasi totale de cette geôle dont j'ai du mal à définir les contours. Quand j'en caresse la paroi, elle me semble souple et humide. Exceptées quelques heures par jour où une lumière diffuse me parvient, je reste prostré dans ce noir. Nous devons avoir passé le solstice d'été, car il me semble même que les jours raccourcissent.

A la question depuis combien de temps, je ne puis répondre. Certainement plusieurs mois, j'arrive à sentir mes poils et mes cheveux pousser. Je déteste pourtant cette sensation de mes ongles qui grandissent aléatoirement mais sûrement, alors que je n'ai même pas le nécessaire de toilette pour soulager mes extrémités palmaires de ces excroissances incontrôlables.

Pourtant, je sortirai. Je le sais. Je me surprends à rêver de ce moment libérateur. A la fois je le souhaite et je le redoute. Je le souhaite ardemment pour observer mes pairs et m'éblouir de leurs expériences. Je suis curieux de les sentir au plus près de moi à en avoir la nausée pour mieux comprendre et apprécier le parfum d'une fleur qui sauvera mes narines.

Je suis trop novice pour déguster les alcools à leur juste valeur, mais comme je languis de faire rouler sur ma langue d'autres saveurs que celles que l'on daigne me servir ici. La nature porte des fruits qui n'attendent que mes dents. Leurs nectars pourraient enfin ruisseler au plus profond de ma gorge faisant naître en moi de nouvelles sensations de bonheur. Mais avant tout, je veux voir et m'aveugler du généreux soleil qui répand sa lumière divine là dehors.

D'ici, je ne perçois que des sons étouffés. Une femme rit, souvent. Elle me parle parfois ; je ne lui réponds rien. Ce doit être ma gardienne. Elle semble toujours là. Elle me surveille et me dit de ne pas m'inquiéter. De quoi devrais-je m'inquiéter ? On voit bien qu'elle n'est pas à ma place. Je suis en sécurité tant que je suis enfermé. On m'a abandonné nu, allez savoir pourquoi. Je suis au chaud toutefois, donc je ne dois pas trop me plaindre. Quand je m'ennuie extrêmement, je joue avec ce corps, seul instrument qu'on m'ait fourni.

    Lors de ma délivrance, lors de ma sortie de ce trou sombre, j'espère faire de grandes choses. Dieu m'a soufflé qu'un autre destin m'attendait hors de cette cage dorée. Oui, je me confie à lui en totale transparence. Qui pourrait me juger pour cela ? Et étrangement, je l'entends assez distinctement, lui. Son message récurrent me suggère d'avoir confiance. Confiance en moi-même, malgré ma méfiance, mais surtout, il me dit de faire confiance à autrui sans conditions. Telle est la clé pour que les autres me fassent confiance. Un peu comme un saut dans le vide, je devrais accepter l'autre pour qu'il m'accepte dans mon unité d'homme. Et en même temps cela me va bien, je suis intimement persuadé que nous sommes tous liés les uns aux autres. Du fond de ce squat forcé, mes yeux peuvent se fermer, je ressens tout autour de moi. Je ne suis qu'un maillon de la chaîne, qu'un élément d'un tout plus grand. Evidemment, aujourd'hui, en l'état, je ne peux le vérifier, mais mon tour viendra.

Je souhaite que ma gardienne soit libérée quand je le serai, pour créer un autre lien avec elle que celui du gardien avec son prisonnier.

Et puis je suis seul maintenant mais j'ai bien peur de me retrouver seul aussi une fois sorti. Est-ce que seulement ma famille sera là ?

Oui je le redoute cet instant. Je veux à la fois observer ce monde nouveau et pouvoir retrouver cet abri rassurant si les choses tournent mal dehors. Il n'y a pas de pression et je peux méditer à volonté. Personne ne pourra entrer dans ma tête. J'ai confiance en la vie. Cette vérité, la première que j'ai comprise, restera en moi. Personne ne pourra me la voler. Toutes les attaques contre moi je les subirai avec résignation. Personne ne pourra effacer mon soleil intérieur.

N'est-il pas fou de penser que parfois rester immobile fera plus avancer le monde ?

Tiens, ça bouge on dirait. On dirait que mes murs se rétrécissent. Depuis ce matin, je me sens oppressé. J'aurais aimé croiser le regard de quelqu'un. Où est ma gardienne ? Où sont les autres ? Des fois j'ai l'impression de l'entendre respirer. Un souffle long et apaisé ; alors mon rythme se cale sur le sien. Tout s'active et je me sens balloté, son souffle devient court et inquiet. La peur me gagne. Que me réserve-t-on encore ? Qu'ai-je donc fait pour mériter pareil traitement ? Dieu me crie que c'est maintenant. Je me blottis dans un réflexe de survie à l'une des parois, recroquevillé comme un petit animal sauvage. Un son sourd et guttural, comme un tamtam lointain, me martèle « UBUNTU, UBUNTU, tu es UBUN-TU ! ». On dirait un chant tribal dont la musique étouffe les paroles parce qu'au final l'important c'est d'être compris par tous. Le cœur des hommes est universel quand les dialectes sont interchangeables. Il crie encore : « Madiba, c'est maintenant ! ». Je décide en un instant de le croire et je me détends ; je lâche prise malgré le vertige qui me prend. Je vois une lumière au fond et on m'appelle. Je suis ébloui mais je fonce tête la première vers cette sortie providentielle mais je commence à avoir froid.

Enfin je respire, Monde me voilà !

Par une douce et fraîche journée de juillet de l'année 1918, les femmes du village de Mvezo, en Afrique du sud, viennent présenter leurs hommages à la famille Mandela. Hier, le dix-huit du mois, le petit Nelson Rolihlahla est né. Une mère rit, son fils dans ses bras, à la croisée de leurs regards ébahis, elle lui murmure émerveillée : " Madiba, mon fils, bienvenu."

DELPHINE

Delphine (résignée) : Ah tu es là !

C : Et où voulais-tu que je sois, si je n'étais pas là ?

Delphine : Je ne sais pas. Je ne te connais pas encore suffisamment bien.

C : Pourtant moi, je ressens toute ton agressivité envers moi. Je sais que tu ne m'aimes pas. Tu me rejettes.

Delphine (agacée) : Vraiment, tu exagères tout. Et tu inverses nos rapports. Je te trouve injuste. Reconnais que depuis que nous nous sommes rencontrés, ma vie s'est compliquée…

C : Oh, je n'y suis pour rien !

Delphine : Ne me fais pas l'effet miroir. JE n'y suis pour rien. Depuis que tu es là, je souffre ! Tu me tortures l'esprit et au plus intime de ma chair.

C : C'est la vie !

Delphine : Trop facile. C'est ce que l'on dit quand on ne sait plus quoi dire. Avant, on aurait inclus Dieu dans la discussion. On aurait eu plus de phrases à échanger. « C'est la vie », ça inspire le silence ensuite.

(Silence)

C : Tu veux dire, du genre : « Dieu met cette épreuve sur ton chemin pour que tu relèves un défi ? » ou « Dieu te punit pour te faire expier tes fautes ». Ça soulage ça ?

Delphine : Non, mais ça fait débattre peut-être… En fait je ne sais pas et je m'en fous.

C : Ou « Dieu est Amour et il t'aime » ou encore « S'il te rappelle à lui, c'est une chance, car il ne choisit que les meilleurs » …

Delphine (le coupant) : Oh, il doit bien y'en avoir d'autres de plus recherchées de phrases. J'imagine que parfois ça peut réconforter. Alors que « c'est la vie

» C'est presque un mécanisme réflexe, c'est court. C'est pauvre d'imagination.

C : Oui, tu vois justement, moi, dans ces moments-là de la vie, je préfère me taire, parce que s'épancher de trop ça fait tâche. Tu me vois faire un exposé sur ce qui me motive à blesser des inconnus, sur comment je m'insinue dans leur quotidien, ou faire un exposé sur la diversité de ce que je peux faire pour leur nuire ?

Delphine (en colère) : Ça n'excuse rien : TU ES UN LÂCHE !

C : Comment tu y vas…

Delphine : Tu es sournois.

C : Faux ! Tu m'as trouvé de suite.

Delphine : Parce que je suis à l'écoute de ce qui m'entoure et que je sais aussi m'écouter.

C : Tu es sage.

Delphine (calme) : Non pourtant. Mais une petite voix intérieure m'a alerté et dit de me méfier de ce quelque chose d'inconnu qui nous angoisse tous. C'est assez universel comme sentiment or aujourd'hui on est pollué par notre environnement et peu de personnes arrivent à mettre un nom sur ce sentiment.

C : Eh bien, tu vois, c'est pour cela que je t'aime bien Delphine. Tu es lucide. Effectivement pour moi en ce moment c'est plus facile, entre ceux qui ne s'écoutent plus et ceux qui détruisent leurs remèdes…

Delphine : Tu sais la peur, ne m'empêchera pas de me battre !

C : Cette détermination m'impressionne. Tu as un sacré cran. Je suis sûre que tu forces le respect de ton entourage, et quoiqu'il arrive…

Delphine (le coupant à nouveau) : Comment cela quoiqu'il arrive ! Je vais te gagner à ce petit jeu-là.

C : C'est de l'ordre du possible. Statistiquement, il paraît que cela arrive plus souvent qu'on ne croit. Alors tu vois, je ne suis pas rancunier. Je recommencerais sur quelqu'un d'autre…

Delphine (dépitée) : Mais pourquoi ?

C : Ah ça y est, la colère revient, je la sens. Tu es en colère ? Tu m'en veux ?

Delphine : Comment pourrait-il en être autrement ?

C : C'est la vie.

Delphine (ne pouvant contenir son énervement) : Sans déconner ! Tu ne peux pas te diversifier un peu dans tes réponses ?

C : Dieu t'envoie une épreuve.

(Silence)

Delphine (nostalgique) : J'avais une vie bien installée avant toi. Une harmonie avec mon cher mari, deux enfants magnifiques, des parents qui me comblaient de bonheur. J'étais en train de rétablir un équilibre professionnel et de réussir cette transition. J'avais un toit sur la tête, un chat, des amis aimants et discrets, des copains, des connaissances à découvrir… Le rythme de cette vie me convenait sans que j'ai à me poser plus de questions.

C : Tu as déjà entendu parler de la résistance au changement ?

Delphine (En colère) : Foutaise ! Je ne résiste pas. Mais, non, ce n'est pas un changement, c'est une parenthèse cyclonique. (Puis de manière posée) J'aime la simplicité, tout est complexe dans ton univers. J'aime le soleil, je suis dans l'ombre. Je déteste être observée, tu m'as placée au centre de toutes les attentions. Je te déteste ! Pourquoi moi ?

C : Et pourquoi pas ? C'est la vie. (Silence) Tu préfèrerais que je te trouve une raison cartésienne ? Un truc culpabilisant, un truc qui justifie que j'ai porté mon attention sur toi ? Attends je vais te trouver un truc. Je réfléchis… Dis-moi tu as déjà vécu dans la Vallée de l'Arve, c'est une petite vallée située au pied du Mont-Blanc, dans les Alpes françaises.

Delphine (sans curiosité) : Non.

C : Merde ! C'était bien ça comme explication plausible. C'est la région la plus polluée de France. Aux pieds des montagnes pourtant, qui l'eût cru ?

Delphine : Tu es cynique maintenant !

C : Tu plaisantes, j'ai le choix des armes, juste je ne sais pas quoi choisir pour te satisfaire : phtalates, bisphénol, parabènes, PCB, composés perfluorés… Elles sont massivement employées par les industries, on les retrouve dans les plastiques, les pesticides agricoles, les lessives, les cosmétiques, les additifs alimentaires, le matériel électronique, alors tu vois ! Tu manges de la viande aux OGM ?

Delphine : Sûrement pas, je prends tout chez mon boucher. Enfin, comment le saurais-je de toutes façons ? On n'est jamais vraiment sûr de la provenance de toutes les viandes. On fait confiance.

C : Excellent ! Et bien c'est ça ! Tout vient de la viande. Je suis là aussi pour ébranler tes certitudes et remettre en question ta confiance. Alors, la viande est infectée par une nouvelle forme de protéine, un agent pathogène de type prion mais que vous n'avez pas encore trouvé donc elle n'a pas encore de nom scientifique, c'est lié à la pollution de l'eau et de l'air; et me voilà !

Delphine : Et ben, c'est à se demander qui te survivra quand on t'écoute. Mais je te l'ai dit : je vais gagner…

C : Tu l'as dit ! C'est marrant, en fait on dirait que vous avez une capacité d'autodestruction inversement proportionnelle à votre désir de vivre ! C'est dingue cet espoir qui vous maintient.

Delphine : Tu es une absurdité de la vie. Nos enfants vont trouver des solutions pour que nous survivions tous. Tu sais qu'il y a 200 ans à peine l'espérance de vie des hommes était la moitié d'aujourd'hui. Demain nous pourrons donc peut être vivre deux fois plus longtemps. Qu'est-ce que tu en sais de ça ? Je vais gagner, je vais TE gagner.

C : Peut-être; c'est vrai que tu es tenace…

Delphine : J'avance étape par étape. Tu ne m'as pas laissé le choix !

C : Faux. Tu as toujours eu le choix. On a toujours le choix. Tu aurais pu choisir par exemple de ne pas en parler; de me cacher; de taire ta découverte. Tu sais on attendait encore un peu et tu n'aurais pas pu faire grand-chose à part t'agiter. Enfin bref, tu m'as compris.

Delphine (rageusement) : Non, je ne comprends rien. Je ne veux pas comprendre. Je veux que tu dégages, je ne veux plus te voir.

C : Oh ben bientôt, tu ne me verras plus. Je serais encore un peu là. Mais tu ne me verras plus. Alors calme-toi un peu.

Delphine : On m'a ôté un bout de ma féminité et tu te joues de moi encore et encore. Encore et encore, tu m'épuises.

C : De moins en moins depuis quelques semaines.

Delphine : Oui un poison chasse le poison que tu es. Pour me guérir de toi et t'évacuer définitivement, tu vois, je fais confiance au progrès des hommes, même si ce poison est douloureux aussi.

C : Tu es si forte. C'est la vie.

(Silence)

Delphine : Pff tu m'énerves. Si j'avais pu je t'aurais extraite moi-même.

C : Dieu teste ta miséricorde.

Delphine : Arrêtes tes conneries. Ça ne prend pas avec moi.

C : Tu es belle, tu sais ?

Delphine (excédée) : Arrêtes. Putain, mais combien de temps tu vas rester là à me pourrir mes journées et mes nuits ? Je n'en peux plus de toi !

C : Je suis sérieux : Tu es belle.

Delphine : J'ai rasé ma tête avant de pleurer devant mon miroir à m'arracher mes cheveux par touffe. J'anticipe les étapes de souffrances que je peux anticiper. Je ne mange que du Kiri pour m'alimenter un peu, sauf quand les nausées sont trop fortes. Je manque de sommeil…

C : Oui.

Delphine : Je me sens seule même entourée. Je me sens diminuée parfois et blessée dans mon amour propre. Et pourtant quand je te dis ça, je me dis que je suis injuste. Tout le monde est là pour moi avec bienveillance. Et même ceux qui sont loin respectent mes choix de vivre le plus normalement possible. Je me sens forte chaque journée passée qui ne s'est pas trop mal passée. Je suis choyée par ma merveilleuse famille, ma fabuleuse famille dont je suis si fière.

C : Tu vois comment tu es belle…

Delphine (comme à elle-même) : Mais je suis seule. Seule dans ma tête à vivre cette lutte. Seule à ressentir ce cataclysme.

C : Oui tu as raison.

Delphine : Tu peux arrêter de me prendre pour une conne ?

C : Tu es belle. Bien sûr pas comme tu l'entendais il y a encore quelques temps. Je te parle de cette beauté qui vient de l'intérieur et dont tu irradies tes proches. Bien sûr on t'a opéré du sein; bien sûr je t'ai malmené et à cause de moi tu es mal et tu as mal; bien sûr la chimio, la radiothérapie, seront difficiles parfois, voire insupportables... Bien sûr tu n'as plus de cheveux, bien sûr cette année va te sembler longue...

Delphine : La pire année de toute ma vie...

C : Pas sûr !

Delphine : Ton humour ne me plaît pas. Ne me ressors pas ton Dieu est Amour et blablabla. Je ne crois pas en Dieu.

C : Je sais.

Delphine : Quand je suis face à mon miroir le matin je fais des grands efforts pour accepter ce que je vois.

C : C'est aussi pour cela que tu es belle. Peu importe si un jour tu arrives un peu moins bien à camoufler le mal que je t'ai fait parce que ton courage, ta bonté, ta fidélité et ta capacité à te battre contre les injustices, feront toujours de toi la femme forte que tu es.

Delphine : Tu en as beaucoup en réserve des bêtises pareilles ?

C : En fait tu devrais me remercier je suis ton révélateur.

Delphine : Oui je vais te remercier au sens où je vais te mettre hors de moi et hors de ma vie.

C : Je suis jaloux de te voir si bien entourée car en effet, il y a de grandes chances que je disparaisse. Malgré tout je t'aurais connu.

Delphine : Il y a des rencontres dont on se passerait bien. Je n'avais pas besoin de toi moi.

C : Moi si. Je collectionne les rencontres. Chaque expérience est unique. Il est assez rare de voir des gens déterminés comme toi. Tu crois que tu penseras à moi après ?

Delphine (s'emportant) : Egocentrique, égoïste et maso ! Evidement que je ferais tout pour t'oublier. Tu aimes être rejeté et malmené ? Je ne suis pas sadique, mais un peu rancunière, tu vois notre duo improbable était voué à l'échec dès le début. Tu peux repartir d'où tu viens.

C : Merci pour cette permission; LOL. Mais j'étais peut-être là depuis toujours en sommeil quelque part, tu sais.

Delphine (déterminée) : Très bien parce que maintenant que je t'ai trouvé, je vais me séparer de toi. Tu m'as dit tout à l'heure que l'on a toujours le choix. Alors adieu ! Je choisis de vivre.

GABRIEL

Comme tous les soirs il avait la tête qui tournait mais ce soir, c'était son soir, il allait entrer dans la lumière.

JP l'avait encore trop servi. Il était sympa JP mais Gabriel lui avait bien dit :

-JP aujourd'hui juste un. C'est mon jour je le sens !

Gabriel avait l'esprit embrouillé à cause de sa dépression, tout était déformé. Le temps était tellement élastique pour lui que les heures et les jours se superposaient telles les feuilles d'une éphéméride qui se détacheraient pour venir se coller les unes sur les autres impeccablement alignées. Du coup lundi devenait jeudi. Et Février ressemblait à Octobre.

Cela faisait au moins un an, ou trois ou cinq, que Gabriel n'avait pas pris volontairement son crayon pour croquez l'un de ces paysages, ou monuments bretons qu'il affectionnait tant. Bien sûr il avait griffonné des trucs mais rien de sérieux.

Après c'était facile pour lui. Il disait toujours : « je n'ai aucun mérite, je noircis les arêtes du bâtiment sur une feuille à grain 250 gr, ou les traits saillants d'un visage, ou la perspective d'une vue, et, les proportions sont instinctivement reliées de mon œil à mon crayon. La mine graphite, l'encre ou la craie s'enfuit sous mes doigts pour retranscrire ce que je vois comme quand l'air entre dans mes poumons pour que je respire ». Tellement facile, oui, mais chronophage.

Il n'aurait su expliquer cette faculté, depuis son enfance on lui disait qu'il avait un don. Un don de Dieu pour sa mère. Avec ce foutu prénom qu'il détestait dont on l'avait affublé et dont l'étymologie lui collait si peu à la peau « Force de Dieu » ou « Dieu est ma force ». Mais il ne croyait pas en Dieu. Quel Dieu aurait autorisé son père à les quitter, lui et ses deux frères ? Il était l'aîné d'accord, mais où était-elle cette force de Dieu ? Et qu'est-ce qu'il devait en faire ? La mère idéale était si éloignée de cette mère peu encline à les aimer, rustre et distante. Cette mère idéale qu'il avait recherchée chez toutes les femmes qu'il avait croisées, il ne l'avait jamais découverte... Elles, elles cherchaient l'Amour d'un homme fort et viril. Comment cela aurait-il pu fonctionner. Ni force de Dieu, ni Dieu de la force, il n'avait jamais trouvé ce courage de vivre en faisant des projets. Ni Dieu d'ailleurs. Hihihi. Il gloussait malgré lui ; c'était l'alcool.

- P'tain JP, j'avais dit juste un jaune... Pas un après l'autre. Hihihi

Quand il avait eu plus en confiance au bar de JP, il avait commencé à parler chez lui, de ses idées. Il avait bien vu leurs regards dans son brouillard... Il en avait parlé chez lui aussi. Sa mère avait tourné le dos comme s'il n'avait même pas parlé. Ses frères l'avaient pris pour un fou, entre la salade et le fromage, comme s'il était inspiré par l'exotisme de la guerre du Vietnam. Et pourtant, n'était-il pas formidable de faire le tour du monde jeune ? Il voulait entrer dans la marine, pour fuir la médiocrité de cette famille monoparentale pauvre, bien sûr. Et pour voir du pays. Et pour voir, si le gouvernement savait. S'il allait enfin croiser d'autres extraterrestres comme lui.

Il avait suivi l'affaire de Roswell comme il avait pu. Et oui, dans les années 60 en Charentes Maritimes, on était isolé des informations internationales. D'autant plus quand le sujet était secret. De toutes façons, il savait que ce cas d'écrasement d'engin volant au Nouveau Mexique en 1947 était un OVNI, et peut être même les membres de sa vraie famille. Il avait toujours été intimement convaincu de pas être comme les autres enfants de son âge. Il avait été adopté. Sinon, avec ce don et sa bonhomie, la mère humaine n'aurait pas pu le rejeter autant. Donc, sa famille devait le rechercher. Sa vraie famille de martiens ou vénusiens. Et il était persuadé que ce don devait être son signe distinctif de reconnaissance.

Une fois, il avait donc expliqué à JP perplexe qu'il lui fallait donc exprimer ce don partout pour qu'ils le retrouvent et rentrent. Mais il lui avait fallu des années pour lui dire le fond de ses pensées. Il n'y avait que derrière un verre qu'il avait trouvé la couleur de la bravoure qui lui manquait pour oser s'affirmer. Ce prénom était trop lourd à porter pour quelqu'un qui avait du mal à supporter son ombre.

Quand le père humain était parti et les avait quittés, Gabriel n'avait pas pu assumer de devenir l'homme de la famille. En même temps la mère était à la fois la femme et l'homme, mais ni la mère, ni la fée bienveillante. Personne n'avait appris à Gabriel les devoirs, les codes de ce qu'il devait faire. Il était seul au milieu d'eux. Et à un moment, il ne distinguait plus les humains des objets. C'était plus facile de parler à ses crayons. Les crayons, ou n'importe quoi qui marquait, l'avaient sauvé de la socialisation. Il mariait les couleurs chaudes avec les couleurs froides et il était peiné quand un couple devait se séparer mais parfois un crayon cassait ; il devait le remplacer.

Son don se manifestait de la manière suivante : Il se repliait sur ses doutes et ses craintes, et quand il était à la limite d'étouffer, il sortait. Il sortait et il regardait intensément l'objet de sa future création pendant des minutes longues et des heures parfois. Ça pouvait être un paysage, un humain, un truc ou un bidule chose… Puis il s'enfermait au calme pour reproduire ce qui était gravé sur sa rétine. Un peu de calme pour Gabriel, pour se concentrer, c'était une évidence pour sa main. Facile. Sans gommer.

C'était marrant il avait lu quelque part que l'Archange Gabriel, était considéré comme la main gauche de Dieu. Ah pour sûr la main gauche dans la vie quotidienne, c'était bien comme cela qui se voyait. Un handicapé des relations humaines et pour cause quand on venait d'ailleurs, c'était déjà bien d'être le bras gauche. Celui qui était moins habile et moins sûr, celui qui doutait et celui qui pouvait se tromper, le bras gauche serait maladroit, mais il était là quand même.

- JP je t'avais déjà dit que j'étais la main gauche de Dieu ? Ah oui déjà ! Oh oui.

Hihihi. Sûrement. Mais de quel Dieu ? Non t'exagère, c'est quoi ce verre encore ?

Il avait toujours été mieux les jeudis, il ne savait pas pourquoi… Enfin aller mieux quand on allait mal, ça voulait dire quoi ? Qu'il lui fallait moins de tabac et d'alcool pour que la journée se passa mieux ? Oui certainement mais il n'avait jamais tenu de journal de bord. Il ne savait même plus quel jour on était, ni quelle année de toutes façons.

JP lui demandait des fois un dessin pour régler son dû, comme s'il était Van Gogh. Mais Gabriel avait de moins en moins envie de le faire. Il trouvait qu'il faisait de la merde quand il le faisait contraint. Gabriel ne pouvait pas laisser JP se contenter de ça. Il s'autocensurait parfois mais quand JP le prenait de court sur un coin de son zinc avec une feuille et un stylo et que ses poches étaient vides, alors il s'exécutait comme une femme facile qui devait chercher de l'argent pour survivre. Le cafetier n'était jamais dur à contenter, un gribouillis de la chapelle, de la mairie ou de la fontaine lui suffisait. Il les encadrait et les affichait au mur comme un trophée de sa déchéance qui le lui rappelait chaque soir. Si un jour l'artiste était connu, le cafetier se rembourserait. Enfin, c'est ce qu'il croyait ; parce que l'artiste toujours en quête cherchait autre chose.

Lui, il buvait. Essentiellement pour avoir un effet anxiolytique, sans prendre de drogue. Boire, ça l'apaisait, ou plutôt ça l'anesthésiait. Et puis ça le gardait hydraté en toutes circonstances. Physiquement, rien ne le distinguait des autres, certainement par un gène de mimétisme pour lui permettre de se fondre parmi les autres sur cette planète. Hihihi. Il ressemblait même à sa famille d'accueil. Hyper bien fichu le truc quand même !

Quand il était dans la marine, il avait même observé tous les hommes du bateau et toutes les femmes à quai. Certaines, il les avait bien plus observées que d'autres, enfin de plus près. Hihi. Il n'avait pas réussi à trouver son signe physique distinctif. Il leur avait demandé, mais ces femmes ne voyaient pas de quoi il parlait. Qu'est ce qui faisait de lui un bel homme ou un homme attirant. Ce qu'il avait ne se voyait pas. Le truc qui faisait de lui cet être différent qui pouvait s'émouvoir d'un paysage où la nature était la seule présente, c'était aussi ce petit truc qui faisait monter dans sa gorge cette boule d'angoisse quand trop de gens le regardaient, alors que les autres cherchaient à être regardés sans cesse.

A part le dessin, il ne savait pas reproduire autre chose que la réalité qui se montrait face à lui. Aucune imagination, que du réel dont il se servait pour faire comme le petit poucet et semer ses petits cailloux pour être retrouvé. Et il les essaimait partout où il passait. Comme les enfants qu'il avait semé à chaque port, à chaque escale, à chaque retour. Et puis un jour il avait pensé à rester fixe en Bretagne pour arrêter la chasse au trésor et rester bien visible des étoiles dans un village proche de Rennes mais en terrain dégagé.

Sur le porte-avion, il avait fait l'unanimité à chaque fois qu'il avait été alimenté en liquide et cigarettes. Plutôt boute-en-train quand on le mettait dans l'ambiance. Ça il mettait le feu (enfin c'est ce qu'on lui disait le lendemain). Lui ne se souvenait jamais très bien de la fiesta de la veille.

Se poser après la Marine, mais pas se reposer. Sa tête bouillonnait. Si ses parents avaient choisi cette famille d'humains assurément c'était pour qu'il ne s'attache pas trop quand il faudrait les quitter. Comme le père était parti en Bretagne, j'avais essayé de me rapprocher de lui, de le rechercher pour que mes parents qui avaient dû le tracer me retrouve à côté. Il avait tourné et viré parce que forcément avec ses travers, Gabriel avait du mal à rester concentré longtemps.

Un matin de la période post marine, il s'était levé dans un état proche de l'Ohaio en fin de journée. Entre le lever et le réveil, il avait tenté d'aligner ses yeux avec ses trous, en vain. Et quand il avait réussi, c'était grâce à l'appel d'une fille qui lui annonçait qu'il avait un fils. Un de plus. Quand il avait reposé le combiné sur son support, il ne savait plus le prénom de la fille qui avait appelé. Pourtant il les avait toutes aimées dans l'instant. Malheureusement, il ne pouvait s'autoriser à s'attacher sachant qu'il risquait de partir à chaque instant. Et aucune ne venait de sa planète, sinon elle me le lui aurait dit. Il ne leur avait jamais menti : « je suis un artiste ». Pour autant il ne leur avait jamais dit d'où il venait. Il ne le savait pas précisément. Il ne voulait pas se faire enfermer en hôpital psychiatrique ou qu'une folle lui mette le gratin dessus. Du plus loin dans ses souvenirs, il n'avait jamais divulgué son secret à une femme.

Il y avait bien cette fois où JP lui avait rapporté qu'il avait eu des propos étranges avec cette nana qui voulait se caser. Ça faisait trois jours de suite qu'elle rôdait autour du zinc tous les soirs à payer sa tournée et il avait baissé sa garde. Il lui fallait être plus vigilant quand il titubait. Après ça, il était resté enfermé une semaine entière dans sa caravane à regarder le plafond. Presqu'à jeun, parce qu'il avait épuisé ses réserves les vingt-quatre premières heures, il s'était alimenté de chips et de saucisson le reste de la semaine. Occupé à barbouiller quelques cartes postales en réfléchissant à ce qu'il avait bien pu dire, craignant que l'on vienne le chercher pour l'interner, le temps était passé vite finalement.

Quand il était ressorti, c'était pour vendre ses cartes postales à l'encre de Chine à son patron habituel Louis, ravi de son travail d'abstinent. Parfois il prenait conscience de son corps et cette fois il avait pris le soin de se doucher chez une copine de confiance. La même qui lui prêtait le bout de terrain pour poser sa caravane. Sans rien me demander. Elle, elle devait venir d'une planète voisine, il en était sûr ; mais même aviné, elle n'éveillait rien de plus en lui.

Bref, une bonne douche et une taille de barbe plus tard, il savait que son travail plairait à Louis qui lui avait commandé de nouvelles cartes il y avait déjà quelques temps. Il n'en était pas revenu de le voir à peu près net. Parce que la coupe de cheveux, c'était du freestyle; mais propre.

En dehors de cet épisode tragique qui lui avait toutefois permis d'honorer une commande professionnelle et du coup d'avoir de l'argent, il était presque certain de ne pas avoir dit qu'il cherchait sa famille.

Enfin si, ici, tout le monde savait qu'il cherchait son père René, l'autre, le terrien.

JP lui avait fait la fête en le revoyant, il pensait qu'on retrouverait son meilleur pilier raide mort dans six mois fossilisé dans sa caravane. On n'avait pas de portable à cette époque.

Et un jour le hasard, enfin le hasard est relatif... Gabriel avait retrouvé René juste au bout du zinc. Les retrouvailles ont été dignement fêtées. Ça permettait d'avoir des trucs à se dire parce que c'était vrai que plus de vingt ans d'absence... Hihihi dur à rattraper ! Pour Gabriel surtout. René, lui, avait trouvé son intérêt à le revoir. Gabriel était corvéable à souhait. Il lui faisait trois courses et lui offrait son vin quand René était disposé à le recevoir dans sa tente Queshua à l'Orée de la plus proche forêt. Pas grave, sa vraie famille allait venir. René saurait leur dire où Gabriel serait. René remplirait comme ça sa mission céleste pour Gabriel. Et les hommes seraient quitte.

Mais un jour, on a retrouvé René mort et comme personne n'avait pu payer sa sépulture, on l'avait mis dans la fosse communale parce qu'aux objets trouvés ça ne se faisait pas. Hihihi et oui c'était ainsi.

Gabriel n'avait même pas demandé son avis à sa mère humaine restée dans le sud ni à ses demis frères. Pourquoi faire après tant de temps ? Il avait bien pensé à un moment leur envoyer des cartes postales d'ici. Les siennes bien sûr pour avoir leurs avis. Peut-être qu'il l'avait fait, il se souvenait bien de l'adresse postale. Pfeu, parfois il ne savait plus si ce qu'il pensait était juste une pensée ou si c'était une réminiscence de sa réalité puisqu'il la survolait.

JP l'avait vu revenir ensuite régulièrement, jusqu'à ce soir. Ce soir c'était chouette, ils avaient ri. Pourtant Gabriel était arrivé renfrogné. Encore une femme lui demandait une pension alimentaire ! Sans blague ! Il ne savait même plus dans quelle vie il l'avait vu, alors son mioche… Il lui avait demandé s'il savait dessiner, ou non. Elle lui avait répondu « Enfin il saura peut-être dans trois ans quand il saura tenir un crayon ». Alors comment il l'aurait su lui; Dans trois ans ! Il ne serait probablement plus là. Et puis dans trois ans à partir de quand ? Comment il en était arrivé à cette discussion.

Non impossible que JP lui en ait servi qu'un ! Demain le réveil serait mortel. Les cheveux allaient encore pousser à l'envers.

- Tu fais chier JP. Hihihi. Allez, je vais pisser et au dodo.

Merde, il avait oublié d'ouvrir la braguette… encore… Ce n'était pas ce soir qu'il allait croiser une petite. Hihihi. Bon, ben prêt pour le dodo ! Il sortit du « Sans soif » en zigzag en faisant signe à JP qui se marrait de le voir dans un grand soir. Il ne sentait pas le froid mais il fumait sans tabac. Vraiment c'était une soirée économique : un verre, pas de clopes, et plus de chaussures propres. Hihihi.

Il allait pour traverser la route pour faire les cent mètres qui le séparaient de son lieu de villégiature à roue immobile. Il n'avait même pas le permis de le conduire. Il entendit vaguement un bruit sec qui couinait de plus en plus fort. Une lumière aveuglante lui dilata encore un peu plus ses pupilles préparées depuis toutes ces années d'entraînement. Un réflexe lui fit lever la main pour protéger ses yeux; Ne serait-ce pas le signal ? Ils l'avaient retrouvé. Enfin. Ils avaient mis le temps. Bon, il lui faudrait faire plus gaffe à sa présentation à la famille demain… Mais peut être que le corps ne comptait pas, pour une fois pas d'angoisses. Gabriel fit un pas vers la lumière avec un sourire extatique. Le bruit s'intensifia avec la luminosité. Il ne sentit même pas l'impact : la rencontre était imminente.

La voiture passa et ne s'arrêta pas.

Un immense Merci à mes relecteurs qui ont corrigé les petites fautes et qui m'ont encouragée à vous proposer ces quelques textes.

J'espère vivement que chacun y trouvera son texte préféré.

Quand je dessine pour les enfants je transmets du savoir. Quand j'écris pour les plus grands, je me dévoile un peu. C'est pourquoi dans les deux cas vos retours sont importants.

Merci donc tout naturellement à mes lecteurs de tous les âges.

Sylvia